NOZI

Madrina de libros

D1116008

NOZI
Madrina de libros

Gcina Mhlophe

Ilustraciones de Lyn Gilbert

Ediciones Ekaré

Esta es una historia verdadera, que pasó hace algún tiempo, se las cuento tal como me la contaron a mí:

Es la historia de Zama, una mujer que vivía en un pueblo de Sudáfrica llamado Dududu. Su casa se encontraba en lo alto de una colina con una hermosa vista al Océano Índico. A Zama le encantaba escuchar el sonido de las olas mientras trabajaba en su huerta. Iba todos los días al mercado del pueblo a vender los jugosos mangos del gran árbol que tenía en su jardín y los hermosos vegetales que cultivaba.

Zama llevaba una vida sencilla y feliz.

En Dududu Zama era muy conocida por el amor que le tenía a los libros, y también por su colección de revistas, periódicos viejos y cualquier otro papel que tuviera algo escrito. Eran sus tesoros y los guardaba cuidadosamente en su casa. No sabía leer ni escribir, nunca había ido a la escuela, pero ella sentía que había algo muy especial en esas palabras.

—Pero si no puedes leer ninguno de estos libros -decían sus vecinas desconcertadas-. ¿Para qué los coleccionas?

Zama les constestaba con una amable sonrisa:
—Los guardo para mí. Sé que les parece extraño, pero algo me dice que debo cuidarlos.

Damini, la enfermera del pueblo, pensaba que esa dedicación de Zama por los libros era una pérdida de tiempo.
–¿No es mejor que aprendas a coser para hacer cosas útiles? ¿De qué te sirve ese montón de libros? -le decía.

Zama sonreía en silencio.

Su amiga Bengu insistía en que debía aprender a hacer collares y pulseras en vez de andar coleccionando cosas de poco provecho.
–Es parte de nuestra cultura -le decía-. Y además podrías venderlos en el mercado.

Hasta en las bodas y otras celebraciones del pueblo, cuando la gente la importunaba con sus comentarios, Zama les decía con la misma amabilidad de siempre:
–Los collares son hermosos... y los libros también.

No importaba lo que dijeran, Zama amaba sus libros y nada ni nadie cambiaría eso.

Pronto la gente le dio un nuevo nombre: Nozi, la madrina de libros. A Zama le encantó y cuando los niños del pueblo la llamaban así, ella les contestaba con una radiante sonrisa.

Un día Zama escuchó que a Muzi, un niño del pueblo, lo habían devuelto de la escuela porque no tenía un libro que necesitaba. Entonces corrió a su casa, y le dijo a Muzi y a sus padres que no se preocuparan, que ella le regalaría el libro.

—Eres una buena amiga. Todos supimos lo que hiciste por Muzi y todos estamos muy agradecidos -le dijo Bengu, su vecina.

CALENDARIO

1 2 3 4 5 6 7
8 9 10 11 12 13 14
15 16 17 18 19 20 21
22 23 24 25 26 27 28
29 30 31

Zama también ayudó a otros niños a conseguir libros.
Los adultos y los niños comenzaron a verla con gran respeto
y admiración.

—Quisiera saber cómo agradecer a Nozi -decía Tandi-.
Perdí mi libro de la escuela y ella me consiguió uno nuevo.
Un día a Muzi se le ocurrió una buena idea. Fue corriendo
hasta casa de Zama con el libro que ella le había regalado.

—Buenas tardes, Nozi -la saludó.

—Hola Muzi -contestó Zama-. ¿Qué te trae hoy por aquí,
mi niño?

—Vine a darte las gracias -dijo Muzi.

—Sólo hay una manera de agradecerme -dijo Zama-, ve a la
escuela, y aprende todo lo que puedas. Es la mejor manera.

—Sí, madrina -dijo Muzi emocionado-. Pero hoy vengo
a leerte un cuento que se llama Ríos Maravillosos.
Es muy corto, pero seguro que te gustará.
Y Muzi leyó...

Cuando yo estaba muy, muy pequeño, me preguntaba de dónde venían las aguas del río y hacía dónde iban. Alguien me dijo que el agua corría buscando su camino al mar. Pero yo no sabía en dónde estaba el mar.

Ahora, que ya soy mayor, sé que los ríos nacen en las montañas y colinas. Pueden comenzar como pequeños manantiales en las laderas o del agua de lluvia que cae en las altas cimas. Muchos riachuelos se juntan y forman un río que fluye, muy rápido, hasta llegar al mar.

Zama escuchó palabra por palabra con mucha atención.
Cuando Muzi terminó de leer, los ojos le brillaban.
Muzi se sintió muy contento.

—Así que los libros son como los viejos sabios, que nos enseñan tantas cosas sobre la vida -dijo encantada.

—Sí, madrina, eso es lo que más me gusta de los libros. Cuando leo es como si estuviera hablando con otra persona. A veces es como si con mi mente pudiera viajar a los lugares de los que hablan los libros.

Zama quería saber más. Continúo haciéndole preguntas, más y más preguntas: sobre la escuela, sobre los libros, sobre las palabras...

—¿Qué más se aprende en la escuela?

—¿Hay muchos libros allí?

Zama preguntaba sin parar.

—Aprendemos sobre los animales y la naturaleza, sobre el mundo en donde vivimos y sobre las distintas culturas. Leemos cuentos de lugares maravillosos, de princesas enamoradas y de aventuras en el mar -dijo Muzi.

—Madrina, si te gustan tanto los libros ¿por qué no vienes a nuestra escuela para que aprendas a leer y a escribir? -dijo Muzi.

—¡Ay, mi niño, es demasiado tarde para mí! ¿Te imaginas a esta vieja tratando de sentarse en un pequeño escritorio? -contestó riendo Zama.

Pero a Muzi no le pareció gracioso.

—No madrina, lo digo en serio -insistió-. El director nos contó que pronto van abrir una escuela para adultos.

—Yo nunca fui a la escuela, nunca. Ahora, debes irte a casa, ya es tarde -dijo Zama disgustada.

La idea de aprender a leer no salía de la cabeza de Zama. Trataba de no pensar en eso, pero mientras ordenaba todos sus libros y papeles, cultivaba su jardín y hacía jugo de mango siempre le volvía la misma inquietud: "¿Será que algún día podré leer lo que dicen mis libros?"

Hasta que un día se atrevió a ir a hablar con el director de la escuela. Le preguntó sobre las clases para adultos que Muzi le había mencionado.

—Son en las tardes, después de que los niños se han ido a sus casas -dijo el Director-. Puedes comenzar cuando quieras.

¡Era cierto! Zama no lo podía creer, su corazón brincaba de alegría. Pero también tenía un poco de medio. "¿De verdad podré aprender?" se preguntaba.

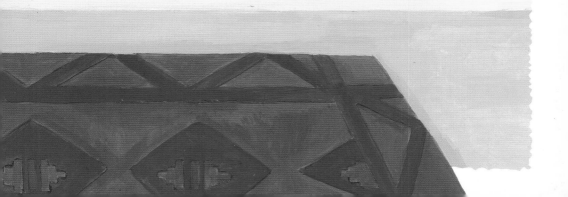

Entonces recordó un viejo refrán: Nunca es tarde para aprender.

JULIO CESAR - SHAKESPEARE

POESSIA HOY
ATLAS
SUDÁFRICA

ESCUELA
PÚBLICA
DUDUDU

A Zama le encantó la escuela. Se sintió feliz cuando comenzó a reconocer las letras y las palabras en los periódicos y en los libros. También, cuando aprendió a escribir su propio nombre.

Finalmente llegó el día de leer su primer libro: *Un concierto para Khata*. Era la historia de una muchacha llamada Khata que se enamora de un músico que escribe hermosas canciones.

Pronto sus libros cobraron vida. Los leía lentamente y con mucho entusiasmo, y se convirtieron en una gran compañía.

Zama siguió asistiendo a la escuela y pronto otros vecinos del pueblo también la acompañaron. Hasta la enfermera Damini y su vecina Bengu fueron a la escuela y empezaron a disfrutar de los libros junto a su amiga Zama.

En la escuela el director puso un gran letrero que decía:

NAMIBIA

OCÉANO
ATLÁNTICO

CABO NORTE

•CABO OESTE

* CIUDAD DEL CABO

En la República de Sudáfrica
Conviven 11 lenguas oficiales.
En la región de Kwazulu Natal,
en donde queda Dududu,
se habla isiZulu.

El nombre de Nozi es corto de
Nozincwadi, que significa Madrina
de los Libros.
En isizulu 'Hola' se dice "Sawubona"
'Gracias' se dice "Ngiyabonga"
y 'Adios' se dice "Hamba Kahle".

Gcina Mhlophe

Reconocida y querida artista de Sudáfrica. Es autora de libros para niños, educadora, dramaturga, poeta y promotora de lectura. A través de un cuidado trabajo narrativo ha logrado crear una voz propiamente africana en la literatura para niños. Su obra encarna un espíritu profundamente humano.

Lyn Gilbert

Nació en Durban, estudió en la Universidad de Natal y luego obtuvo una Maestría en Artes Plásticas de la Universidad de Rhodes. Es pintora, y su obra ha sido exhibida en muchos países. En 1993 comenzó a ilustrar libros para niños.

EDICIONES
ekaré

Traducción: Carolina Paoli y Mª Francisca Mayobre
Diseño: Ana Carolina Palmero

Segunda edición, 2010

© 2001 Gcina Mhlophe, texto
© 2001 Lyn Gilbert, ilustraciones
© 2006 Ediciones Ekaré
Ilustración páginas 28-29, Irene Pizzolante

Edif. Banco del Libro, Av. Luis Roche, Altamira Sur.
Caracas 1060, Venezuela

C/ Sant Agustí, 6. 08012 Barcelona, España

www.ekare.com

Todos los derechos reservados

Publicado por primera vez en inglés por Maskew Miller Longman (Pty) Ltd
Título original: *Nozincwadi -Mother of Books-*

ISBN 978-980-257-324-0
HECHO EL DEPÓSITO DE LEY. Depósito Legal If15120058004090
Impreso en China por South China Printing Co. Ltd.